짜오와 야미의
오늘 하루
뭐했냥

짜오와 야미의
오늘 하루 뭐했냥

—

2018년 3월 15일 1판 1쇄 인쇄
2018년 3월 30일 1판 1쇄 발행

—

지은이 짜미
펴낸이 이상훈
펴낸곳 책밥
주소 03986 서울시 마포구 동교로23길 116 3층
전화 번호 02) 582-6707
팩스 번호 02) 335-6702
홈페이지 www.bookisbab.co.kr
등록 2007.1.31. 제313-2007-126호

—

기획·진행 기획2팀 박미정
교정교열 김다빈
디자인 디자인허브 김혜진

—

ISBN 979-11-86925-39-3 (03810)
정가 15,000원

책밥은 (주)오렌지페이퍼의 출판 브랜드입니다.

이 도서의 국립중앙도서관 출판예정도서목록(CIP)은 서지정보유통지원시스템 홈페이지(http://seoji.nl.go.kr)와 국가자료공동목록시스템(http://www.nl.go.kr/kolisnet)에서 이용하실 수 있습니다.(CIP제어번호: CIP2018008380)

짜오와 야미의 오늘 하루 뭐했냥

글·그림 **짜미**

책밥

어느 날 문득 두 냥이를 키우며 겪는 크고 작은 이야깃거리들을 머릿속에만
저장해 두기 아깝다는 생각이 들었습니다.
하루하루를 기억하기 위해 일기를 쓰듯 매일 그림을 그리고 있습니다.
이제 두 냥이와의 평범하지만 행복한 일상을 책으로 내게 되었습니다.
오늘이 있기까지 제 그림을 사랑해 주신 많은 분들께 진심으로 감사드립니다.
많고 많은 인연 중에 나와 남편에게로 와 준 짜오와 야미.
우리 네 가족의 행복한 묘연이 오래오래 이어지기를 기도합니다.

짜오 야미 엄마
짜미

 우리를 소개한다냥

엄마랑 아빠도!!

쯔자오 ♂

2011년 5월 10일생
아빠 - 터키쉬 앙고라
엄마 - 터키쉬 앙고라
몸무게 - 8.2kg

야미 ♀

2016년 11월 13일생
아빠 - 스코티쉬 폴드
엄마 - 친칠라
몸무게 - 3.1kg

5

골골골

짜오

덩치만큼이나 묵직하고 무뚝뚝한 차가운 도시 고양이.
하지만, 내 집사와 야미에게만은 따뜻하지.

양치, 귀 청소, 약 먹기, 병원 가기를 끔찍이 싫어
하며, 그러한 행위를 할 것 같은 낌새를 알아채는
능력이 뛰어남.

…뭐래

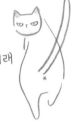

하아악!

병원에서는 사나운 괴수가 됨. 병원 냄새를
'아주' 싫어함. 입맛 또한 매우 까다로워서
새로운 음식은 일단 안 먹고 봄.

야미

아주 얌전하고 애교가 많고 조용조용함. 집사의 손을
핥는 걸 아주 좋아하는 다정다감한 고양이. 처음 집에
오고 한동안은 짜오를 무서워했지만, 짜오의 츤데레 기질
을 알고부터는 먼저 다가가 장난을 걸기도 함.

낯선 사람이 집에 오면 엄청나게 긴장하고 겁먹음. 어딘가
에 숨는 능력이 뛰어남. 자다 일어나면 안아 달라고 울어 대는
애기애기함이 있음.

골골골골

궁디팡팡을 '아주' 좋아하고, 무엇이든 잘 먹고, 음식에
호기심이 많아서 집사가 먹는 음식엔 꼭 코를 들이댐.

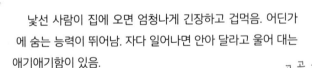

집사 1.

두 냥이를 가슴으로 낳은 엄마.

특기 : 자다 일어나 짜오 토 치우기

취미 : 냥이 옷 만들기(입을 수 없는 옷이라고 한다…)

싫어하는 것 : 애들 데리고 병원 가기

좋아하는 것 : 애들 몸에 코 대고 냄새 맡기

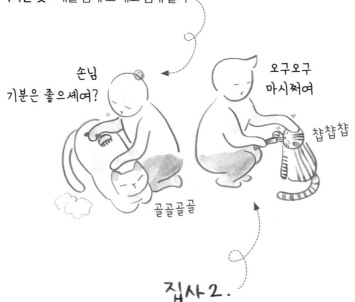

손님
기분은 좋으셰여?

오구오구
마시쪄여

챱챱챱

골골골골

집사 2.

두 냥이를 지갑으로 키우는 아빠.

특기 : 냥 화장실 모래 채우기

취미 : 애들 껴안고 사진 찍기

싫어하는 것 : 애들 데리고 병원 가기

좋아하는 것 : 애들 껴안고 침대에서 잠들기

차례

머리말 · 4 / 우리를 소개한다냥 · 5

1장 짜오야!

입양하던 날 · 12 / 타인의 시선 · 16 / 짜오는 멋진 오빠 · 20 / 츤데레 · 24 / 친구 · 29 /
두부 모래 · 34 / 똥꼬촵촵 · 38 / 사나이의 물통 · 42 / 무죄 · 45 / 짜오의 번지점프 · 48 /
스마트한 짜오 · 52 / 야간작업하는 날 · 56 / 짜오의 양치 6단계 · 61

2장 야미야!

어느새 이렇게 · 66 / 사랑스러운 방해 · 70 / 숨바꼭질 · 73 / 슬리퍼 · 76 / 야과장 · 79 /
야미의 애교 · 83 / 사냥놀이 · 86 / 잘 먹어요! · 91 / 어디 숨었니 ?! · 95 / 이불 속 · 99 /
짜오 자리가 좋아 · 103 / 세상 편한 낮잠 · 106 / 틈새 · 110 / 핫팩 · 114

3장 험난한 집사의 길

자리 뺏기 · 120 / 목욕하는 날 · 124 / 장갑 빗 · 128 / 털쟁이 · 132 / 찰나 찍기 · 137 / 상처 · 141 / 병원 가는 날 · 145 / 새벽 집중 · 149 / 짜오 알약 먹이기 · 153 / 카샤카샤 · 157 / 병원 다녀온 날 · 162 / 병원에서 · 166 / 겨울옷 · 171

4장 짜오야미야!

묘격 차이 · 176 / 위협 · 180 / 이름 · 185 / 귀 청소 · 188 / 그루밍 싫어 · 192 / 깔고 앉기 · 196 / 짜오의 첫 친구 · 201 / 모기장 · 206 / 모기장 구멍 · 210 / 벌레 · 214 / 어리광 · 218 종이봉투 · 221 / 추석 · 225 / 프린터 · 229 / 화장실 · 233

5장 집사의 일상

내 자리 · 238 / 방울 장난감 · 242 / 보호 · 245 / 부러워 · 249 / 귀여운 시위 · 254 / 작업 공간 · 258 / 고냥텔 만들기 · 262 / 고냥텔 · 266 / 시선 · 270 / 크림히어로즈 · 274 / 야미의 스웨터 · 277 / 캣닢봉 · 281 / 코타츠 · 285 / 야미의 생일 · 289 / 남편의 그림 · 294

· 1장 ·

짜오야!

차갑지만 따뜻하고, 듬직하지만 허당인 짜오
내 똥꼬보다 야미의 똥꼬를 먼저 챙기는 오빠 짜오의
츤데레 라이프를 소개합니다.

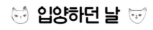
남편과 연애하던 시절

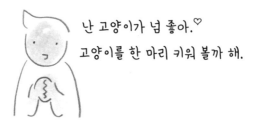

난 고양이가 넘 좋아.♡
고양이를 한 마리 키워 볼까 해.

혼자 집에 있으면 쓸쓸하다며 고양이를 키우겠다고 하심.

정말 운명처럼,
이 아이가 눈에 들어왔다.

둘이 열심히 카페를 돌아다니며
가정 분양을 알아보는데

얘다!   얘야!

분양자분께 연락을 하고 집으로 찾아감.

아마도 엄마냥이

푸들도 있었음.

와 - 크다 -

어머
고양이 봐!

왕 큰 고냥이가 문 앞에서
인사하듯 반겨 준 게 기억난다.

먀 -
먕 -

이쁘고
크네~

얘예요 –

분양자분이 안고 온 너무너무 쪼꼬만 아이에게 마음을 빼앗겼다.
(이 쪼꼬미가 훗날 왕 큰 고양이가 될 거라고는 상상도 못 함.)

미야 –

잘 키울게...

미안...

먀
먀

문을 나서는 우리를 따라오던
엄마냥이가 아직도 기억난다.

먀~   먀~

짜오는 집에 와서 하루 동안은
엄청 울어대기만 하더니

다음 날 밤,
남편 손 꼭 잡고 잠. ♥

지금껏 쑥쑥 잘 자라서 **8.2kg**을 찍었다.
(왕 큰 고냥이 ㅋㅋㅋ)

엄마냥이가 들을 수 있다면,
아이는 잘 자랐고 건강하다고 말해 주고 싶다.

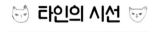 타인의 시선

나는 그렇게 생각하지 않는데

우리집에 놀러온 지인들은 하나같이

…라고 한다.

가장 인상적이었던 멘트

… 물론 만지려던 중생들이 자잘한 상처를 입긴 했었지만

원래는 엄청 애교 많은 냥인데!

너의 진가를 몰라 주니 엄마는 맴찢…

이거 봐 얼마나 순하고 얌전한데!

헤헤

야...
무거워.

우리한테만
애교 잘 부리면 되지!

모두에게 이쁨 받을
필요 없잖아?

맞아 맞아

고럼 고럼

우리한테만 잘하면 돼!

잘 때도 항상
안겨서 잔다규! ♥

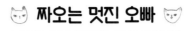# 짜오는 멋진 오빠

짜오는 입맛이 엄청 까다로운데

먹기 싫으면 다 뱉음.

'환장'을 하는 간식이 몇 개 있다.

응! 이 소리는!

딸칵

쉐바 캔간식

챠오츄르

동결간식
(연어맛만 먹음.)

아니,
그릇에 담아 준다고.

야미가 오기 전에는
간식 소리만 들으면 달려들었는데

내놔
내놔

뭐! 츄르!!

얘들아 - 츄르 먹자 -

요즘은

간식?

먹는 거?

내놔
내놔

안절부절
안절부절

일단 양보한다.

빠 ♪

할짝
할짝

짜오,
괜찮아? "

짜오가 너무너무 애정하는
동결간식 연어맛도

오독
오독

...

양보한다.

빠 빠

물도 동생에게 먼저 양보한다.

츤데레

짜오는

빠
빠

야미한테 왠지 항상 도도하다.

흥

빠?

야미가 자기를 그루밍 하려고 하면

할짝

＊그루밍 : 혀 또는 손발을 이용해
털을 다듬고 손질하는 행위.

크와와와

그르르르

화낸다.

야미를 데려 오고 한동안은 외출하기가 불안할 정도였다.

괜찮을까...

짜오 -
야미 -

엄마 왔엉 -
어딨냐 너네 -

막상 돌아와 보면…

잘 놀고 있었다.

아, 내가 방해했어?

계속해. 계속

빠?

흥

안심해도 되겠어.

내가 안 볼 땐 엄청 잘해 주는 것 같다.
드라마 주인공마냥 츤데레 최고봉인 듯.

🐱 친구 🐱

야미를 데리고 오기 전의 이야기

짜오는 가끔
문 앞에서 서성댄다.

뚫어져라.

짜오 -

거기서 뭐 해 -

들어가자~   먀!   먀!

열라고 하는 게
분명함.

짜오는 위층 문 앞을 긁고 있었다.

그 뒤 지나다니며 본 결과

아, 로얄캐닌!

아...
고양이 키웠구나.

문 앞에 놓인 택배

윗집도 고양이를 키우는 걸 알게 되었다.

짜오에게 동생을 만들어 줘야겠다고 생각한
계기가 되었다.

찌잉-

짜오...
친구가 필요했어?

?

🐱 두부 모래 🐱

우리 집은
이글루 화장실을 쓰고 있다.

모래의 단점은
그때그때 버리기
힘들다는 점

이것 때문에 여름만 되면 날벌레 천국. ㅠㅠ

* 이글루 화장실 : 여러 형태의
  고양이 화장실 중 하나로 이
  글루의 모양을 닮은 것. 고양
  이는 일을 보고 그것을 파묻
  는 습성이 있어서 꼭 모래를
  깔아 줘야 한다.

* 두부 모래 : 두부비지로 만든
  모래. 물에 잘 녹기 때문에
  변기에 버릴 수 있어 많이 사
  용된다.

맙소사!
유레카!

그러던 어느 날, 이것저것 찾아보다가
두부 모래를 발견했다.

34

몽글몽글 귀엽게 생긴 두부 모래…

배송 오자마자 바로 바꿔 줬다.

며칠간 낯가림이 있을 것이라고 생각은 했지만,

싸!
싸라고!

급하지만 아무 데나
쌀 순 없다.

역시나 이용하지 않음.

3일이 지나도록 똥을 안 싸고 있다.

3일이나...

아···, 이거 심각하네···.

제발 한 번만 싸 봐
시도는 해 보라고!

.....

불룩

보기에도 더부룩한 짜오의 배···

후...
다시 바꿔야 하나.

그러던 어느날
참지 못하고 베란다에 일으킨 짜오의 변…
성인의 것보다 훨씬 많은 엄청난 양이었다는…

저만큼이
배 속에 있었어?

크~
대장은 위대하다.

돌이 되어 굳음.

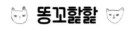

똥꼬핥핥

똥붙

똥붙

깎을 때가 됐군.

짜오는 장모묘라서 똥꼬 쪽 털이 조금만 길게 자라도
응가 찌꺼기가 붙는다.

시끄러!
똥이나 달고 다니고!

그아아아아

똥꼬 닦임 당하는 건 또 드릅게 싫어하는 짜오!

근데 애초에 뚱냥이가 되고 나서
살 때문인지 혀가 똥꼬에 잘 닿지도 않는 것 같다. ㅠㅠ

내똥꼬 이뻐?

빠?

어머, 저
영롱한 똥꼬

그에 비해 야미는 항상
핑크핑크한 똥꼬를 갖고 있다.

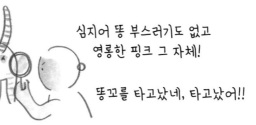

심지어 똥 부스러기도 없고
영롱한 핑크 그 자체!

똥꼬를 타고났네, 타고났어!!

그런데

짜오가 틈만 나면 야미 똥꼬를 핥아 주는 것이었다.

정말 오래도록 열심히 핥아 주었다고 한다.

🐱 사나이의 물통 🐱

- - - - - - - - - - - - - - - - - - -

후아

우리 집 냥이 물그릇은 어마어마하게 크다.

뭐야 저거

이거슨 원래는 소형 세숫대야

애기 짜오를 데리고 왔을 무렵엔
예쁜 캐릭터 식기가 있었으나

물 좀 마셔.

밥은 먹는데 물은 지지리도 안 마심.

으아닛!
사나이의 물그릇!

결국 요로결석 치료까지 받고,
병원에서 물통을 큰 걸로 바꿔 보라기에

어차피 디자인을 포기했다면
실리를 취하리라.

잘 마시네.
다행이군.

대용량으로 바꿔 주니 잘 먹어서
그 후로 주욱 사용 중이다.

남편이 예전 살던 집에선 경비 아저씨께 이런 얘기도 들었다고…ㅋㅋ

🐱 무죄 🐱

냠냠

...

짭짭

음...

큼큼

큼큼

짭짭

음...?

이게 무슨 냄새야! 웩!

큼큼

응? 먼데?

← 심한 비염

아니라고

진짜 아니야.
이번엔 정말 억울하다.

아 똥매너!
먹는데 이런 똥방구를!

똥꼬를 확!!

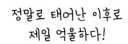

정말로 태어난 이후로
제일 억울하다!

지금 이 억울함을
누가 알아줄까.

댓츠
놉놉

진짜야?

아니, 너 아니면 누구냐고.
이번엔 진짜 억울해하네.

남편이 너무 억울해하니 당황

난 아니야!!
난 억울하오!!

...

뭐냐 너 아니면 누구냐.
이런 지독한 방구를 뀌는 자가

ㅈㅈ ㅈㅈ...

난 모르는 일이야.

🐱 짜오의 번지점프 🐱

짜오 어디 있지?

아마 위층?

...

짜오-

짜오는 역시 냥이답게 2층을 좋아했다.

두 박자 늦게 잡을 채비

무사히 착지

탁

으아

짜오야!

괜찮아?

괜찮아?

생각보다 높았다고
생각하는 듯

태연한 척하지만
매우 놀란 몸

어마어마하게 놀랐는지, 그 이후엔 안 뛰어내리더라…

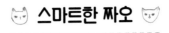

🐱 스마트한 짜오 🐱

짜오는 의외로(?)
머리가 좋은 것 같다.

여기서 놔줘?

먀!

먀!

엘리베이터

결혼 전 남편 집에 놀러 가면 짜오를 안고 1층까지 내려가서
벤치에 앉아 있다가 엘리베이터를 타고 올라오곤 했는데

우아...

엄지 척

집이 저기 있는 거
어떻게 알았지?

엘베에서 내릴 때쯤 바닥에 내려 주면
귀신같이 쏙쏙 길을 잘 찾아갔다. (오피스텔이 꽤나 복잡한 구조였는데도…)

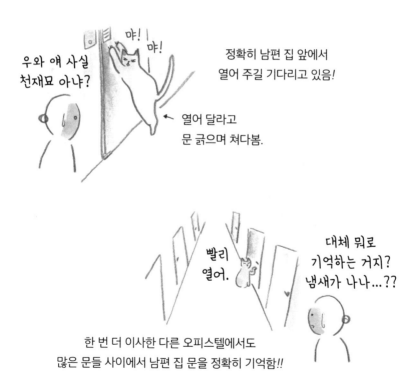

우와 얘 사실
천재묘 아냐?

야!
야!

정확히 남편 집 앞에서
열어 주길 기다리고 있음!

열어 달라고
문 긁으며 쳐다봄.

빨리
열어.

대체 뭐로
기억하는 거지?
냄새가 나나...??

한 번 더 이사한 다른 오피스텔에서도
많은 문들 사이에서 남편 집 문을 정확히 기억함!!

결혼하고 신혼집으로 이사해서
며칠간 짐 정리에 정신이 없었는데

복도에서 많이 듣던
울음소리

바로 윗집 문 앞에서 웅크리고 울고 있었다.

건물을 헤매다 그나마 비슷한 문 앞에서 울어댄 듯….

🐱 야간작업하는 날 🐱
- - - - - - - - - - - - - - - - - - -

하...
벌써
새벽 2시

마감 시즌이 다가오면
밤낮이 뒤바뀐다.

지친 달까.

나이드니 체력이 ㅋㅋ

하...
졸리진
않은데

지겹네.

빼꼼

엄마 지금 일해. 바빠~

이 엄마 오늘 까칠하다.

짜오는

그저 묵묵히

곁에 있어 준다.

아놔 새벽 4시

하... 오늘도 일어나면 낮이겠군.

오늘 하루치
끝!

착

'어서 자러 가자' 하고 말해 주는 것 같았다.

🐱 짜오의 양치 6단계 🐱

음...
오늘은 꼭 양치를 해 줘야겠어.

난이도 ☆☆ ☆☆

음 -
엄마 화장실 가는 거야 -

룰루

접근

어슬렁

어슬렁

어슬렁

잡았! 돼!

먕!

포획

감금

빨리
빨리

놔! 놔 이 시키야!

다리 사이에 꽉! 끼운다.

공격

므아앙

너 내가
얼굴 딱 봐 뒀어.

야, 눈 깔어... 아니, 눈 깔지 마... /

수비

파

헐...

반격

쫙

빙글

야 이 샛키야!

니 잘못 ㅇㅈ?ㅇㅇㅈ

어차피
안 내려올 거지?

· 2장 ·

야미야!

작은 몸 안에 숨겨진 치명적인 귀여움.
숨만 쉬고 있어도 귀여운 막둥이 야미의 애교 종합 선물 세트가 찾아갑니다.

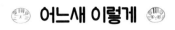

어느새 이렇게

야미는 3개월 때 가정 분양을 했는데

넘나 작아. ㅠㅠ

조심조심

너무너무 작고 앙증맞았다.

자는 것도
귀여워.

아니,
이렇게 작고
귀여워도 돼?

입이 작아서
칫솔이 너무 커 보임.

미안
엄마가 미안해. ㅠㅠ

양치해서 미안해. ㅠㅠ

빗이 아니라 낫 수준

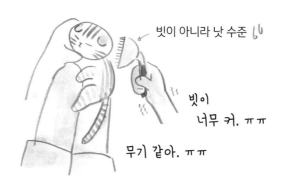

빗이
너무 커. ㅠㅠ

무기 같아. ㅠㅠ

인형 같아. ㅠㅠ
매달고 다닐까.

침대 위까지 점프를 못 함.

요즘엔 잡으면 팔뚝까지 오고

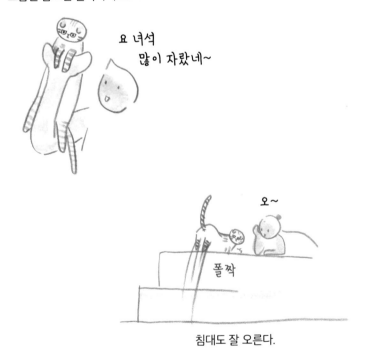

요 녀석
많이 자랐네~

오~

폴짝

침대도 잘 오른다.

그래도 여전히 귀엽다.

빠 -

한 손바닥에
들어가던 시절♥

오구오구♥

사랑스러운 방해

빠~

야미 왔엉~

빠 빠

빡!

사각

사각

음...

신선해.

신박한 방해다.

스케치를
할 수가 없엉.
ㅠㅠ

너무 귀여워서
손도 못 빼겠엉.
ㅠㅠ

숨바꼭질

파파 팍

야미 −

쫑긋

야미 어디... ㅆ...

오!

??

빠!♪

뭐여
숨은 거니?
숨바꼭질?
설거지해야 하는데
거참 안 찾을 수도 없고.

날 못 찾고 있어.
못 찾고 있다!

두근

두근

…다 보인다. 임마

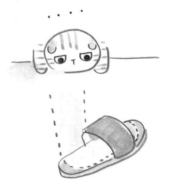

야미~ 뭐 해~

...좋아?

빠!

... 거꾸로야. 야미야! ㅋㅋㅋ

야과장

똑바로 해.
똑바로!

아 넵!

야 과장님.
결재 부탁드림미다!

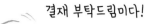

음...

흠
흠

썩 맘에 들진 않지만

이 정도로 해 두지.

콩
콩
콩
콩
콩

앞으로 더 잘해!

니예 니예.

결재 도장

제대로 해!
제대로!!

넵!

넵!

야미의 애교

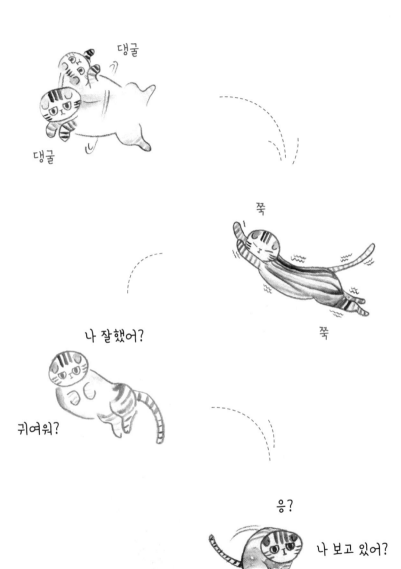

응?

응? 응?
뭐 하냐고.

응?

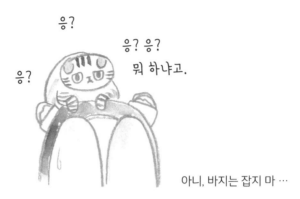

아니, 바지는 잡지 마 …

뭐 해?
뭐 하는데?
바빠?

후...
실패야...

그러게
야미 들여보내지 말라니깐.

집중이
안 돼...

응?

문 밖에서
너무 구슬피 울길래...

 사냥놀이

아무 생각 없이
걷는 중

헤 -

헤 -

빠!

으억 깜짝!

후다다다

야미가 요즘 의자 뒤에서 사냥 놀이를 하는 듯

아래에서 본 시점

결국 야미가 지칠 때까지 놀아 줌.

잘 먹어요!

야미는 입맛이 아주 관대하다.

사람이 먹는 것도 꼭 한번 혀를 대 본다.

까악

닭 가슴살 팩

쩡 쩡

마도로스
가자미 · 북어 ← 짜오는 입도 안 댐.

유산균

감격의 눙물

짜오 때는
안 먹는 게
반 이상이었는데

챱

챱

뭘 줘도 잘 먹는다.

최근에 만든 테라코트환의 주재료 테라코트

크네.

갈아서 섞어 줘야겠군.

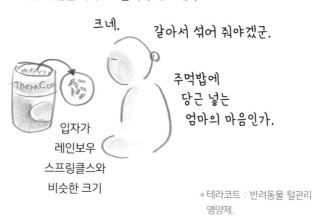

주먹밥에
당근 넣는
엄마의 마음인가.

입자가
레인보우
스프링클스와
비슷한 크기

＊테라코트 : 반려동물 털관리
영양제.

열 빡!

도도도

간식?

도도도

알갱이가 커서 까다로운 아이들은 안 먹는다기에 빻기로 함.

얼굴 파묻고 드시고 계심.

어디 숨었니?!

욕실에 문제가 생겨 아침 일찍 기사님이 집에 오셨다.

잠이 덜 깨서 한 귀로 듣고 한 귀로 흘려 보내고 뭐라고 하시는지…

위이이이이

지켜봐 드려야
할 것 같은 책임감.

이따 뭐 먹지.
아 빨래도 해야지.

애들은 어딨지.

그러고 보니
지금까지 못 봤네.

아

도망갈 준비는
되어 있다!

← 모기장

아 여깄네.

야미도 안에 있나.

낯선 사람이 들어와서 초긴장 상태

헐 없네.

야미~

위이이이

저 방에 있나

없어
없어
없어
없어
없어
없어
없어

침대 사이고 어디고 없어!!!!!

야미 –

어딨니 –

야미야 –

현관문 열어둔 걸 잊고
멍 때린 내가 미안해. ㅠㅠ

위층부터 아래층까지 샅샅이 훑고 밖에서 길을 걷는 분들께도
고양이 못 보셨냐고 물어보고…. 하… 눈물 좀 닦자.

제대로 멘붕해서 집으로 돌아왔는데

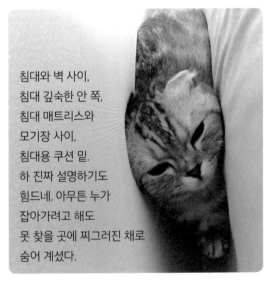

침대와 벽 사이,
침대 깊숙한 안 쪽,
침대 매트리스와
모기장 사이,
침대용 쿠션 밑.
하 진짜 설명하기도
힘드네. 아무튼 누가
잡아가려고 해도
못 찾을 곳에 찌그러진 채로
숨어 계셨다.

☺ 이불 속 ☺

따끈
따끈

야미가 요즘 이불 속에 맛들여서

야미 –
한참 찾았잖아.

안 보인다 싶으면 그 안에 있다.

어딨는지
알 수가 없네.

워낙 쪼그매서

야미는 덩치가 작아서 이불 어디쯤 들어가 있는지
눈짐작으로는 잘 알 수가 없다.

생각 없이 몸을 날리다간 요래 될까 봐

이러면서 침대에 올라간다.

요깄넹

무게 실어서 누웠으면
큰일 날 뻔...

탁

탁

신체의 일부분으로라도
위치를 알려 주면 그저 고맙다.

풋!

짜오 자리가 좋아

아늑 따땃

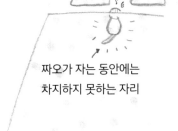
짜오가 자는 동안에는
차지하지 못하는 자리

짜오가 자리를 떠나면
야미가 바로 차지한다.

뭔가
짠하다.

요 자리에 한번 들어가면 웬만해선 안 나온다.

야미~
밥 안 먹어?

빠?
닫아!

안 나갈 거얌!
방해하지 마!

애가 왜 이리
짠내 나냐.

쨔오 자리 좀
차지해 보겠다고. ㅠㅠ

세상 편한 낮잠

빤-

거기구나!
거기를 차지하면

나를 봐 주는구나!

치울 수도 없고 시간은 자꾸 가고 ㅠㅠ

틈새

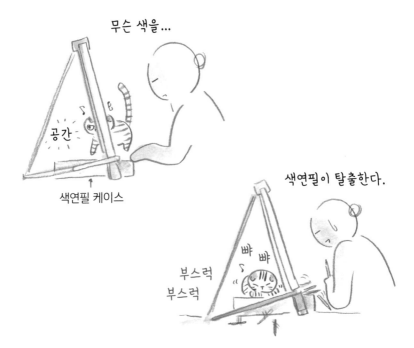

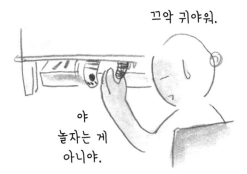

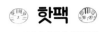 **핫팩**

코스트코에서 산
아이스 · 핫 팩 + 때 탐 방지 손뜨개 덮개

허리 아플 때는 핫 팩으로

눈...
눈이 안 보여

열날 때는 아이스 팩으로

쏠쏠히 사용하는 물건.

풀썩

몰랑

몰랑

꺄

기분 져아!

맙소사
이걸 왜 이제야 안 거지!!

몰랑   몰랑

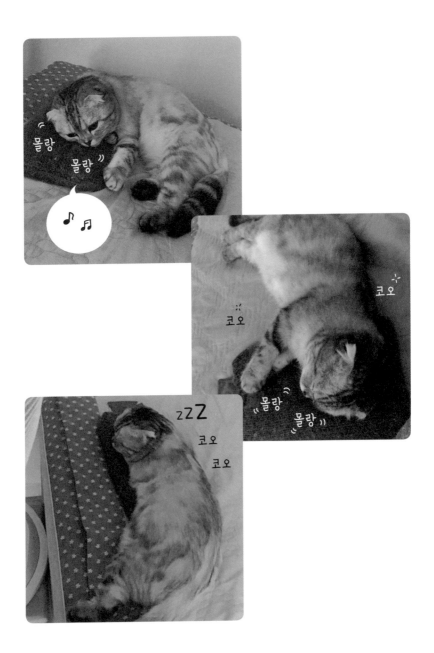

· 3장 ·

험난한 집사의 길

검은 옷을 못 입어도, 비염이 있어도, 할큄을 당해도
나는 너희의 든든한 보호자(라고 쓰고 시종이라고 읽는다)!

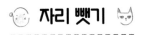

자리 뺏기

- - - - - - - - - - - - - - -

아이고 좋다.

늘어지네.

아 물 마셔야지.

읏차

자리 뺏김.

어이쿠

엄마 자리에 앉았졍?

반대편엔 짜오가...

음...

쭈구리

이런 기분이랄까.

🐱 목욕하는 날 🐱

어느 날 문득, 애들이 꼬질꼬질해 보였다.

그래,
씻기자!

내 한 몸 불살라.

니들이 깨끗해진다면!

중량이 남다른 짜오부터
힘이 넘칠 때 씻기고

씻고 나면 못난이를 얼른 말려서
원상 복구시켜 준다.

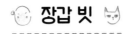 **장갑 빗**

가을에서 겨울로 넘어갈 쯤 되면
애들 털이 풀풀 날린다.

조금만 쓰담쓰담해 주면 눈처럼 흩날린다.

나의 친구

이거

미국에서 인기 쩐대ㅋ

오올 쌩유!

우연찮게 친구가
털 빗기 장갑을
추천해 줘서
충동 구매했다!

집사의 손으로 어루만지는 듯한 느낌
＋ 털까지 빗어짐!
이거슨 1석 2조!!(라며 합리화)

느므크다...

빅 풋이 아닌
빅 핸드!

도착한 장갑을 착용!
손으로 걸어 다녀도 될 듯 👆

어쨌든 털 빗는 게
중요하니깐

뭐냥... 쓰담

쓰담

올 좋아하네.

크기가 커서 손목이 헐거움. ⌞

골골

골골

올 괜찮네!

야미도 매우 좋아함.
디자인은 매우 구리나 ⌞
성능은 아쥬 성공적!!

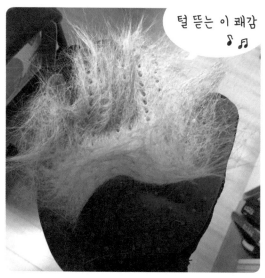

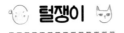 털쟁이

wow 풀 풀 풀

털 비가 내려와.

요즘 특히나 집 안이 털 천지다.

← 작은 놈이 더 빠진다.

두 털덩이가 털을 뿜뿜뿜!!

로션 바르고 난 후

아점으로 우유에
시리얼 궈궈

나도 졍!

뭐 먹을 때

나도!

오매

털이구만

걍 먹자.

맛있네.

냠

냠

온도나 습도처럼 모(毛)도가 있다면
우리 집은 모도 90%쯤일 것이다.

올 봄 난생 처음 털 밀고 야무룩한 야미

🐱 찰나 찍기 🐱

으아닛!

애들을 키우다 보면

아놔 어됬어.

어됬냐 폰!

폰 이 자식은
꼭 필요할 때 없어!

정말 놓칠 수 없는 순간이 생긴다.

아 찾았다!

왜 변기 위에
폰을 뒀지!?

자, 찌...ㄱ

자네 뭐가 그리
바쁜 겐가?

zzz

이미 골든타임이 지났다.

아까 포즈 좀 해 봐.

아까 그거 ㅠㅠ

빠?

아주 일상적인 포즈

몇 초의 찰나를 놓치면 그 포즈를 다시 담을 수 없다.

꺄악!

세상에
저런 귀여움이!

찍자!

그 어려운 확률을 뚫고 한 장을 건지는 날엔

진짜 계 탄 기분이다.ㅋㅋㅋ

😊 상처 🐱
- - - - - - - - - - -

거부! 거부!

야 쫌 안아 보쟈!

꼬리 부풂.

야미는 안겨서 밖에 나가는 걸
'매우' 무서워한다.

으악!

야미를 안고 현관 근처에 갔다가
도망치는 야미 발톱에 긁힘. ㅠㅠ

다시 평온

아 엄청 따가워!!

그러게 왜
현관으로 가서...

빨간 약
바르자.

옷을 입었는데도
옷 속으로 할퀸 상처들이 화끈화끈

그래.
내가 잘못한 게 크지.

그건 그런데...

맞고 사는 애
같아 보이려나.

별 생각 없음.

상처
겁나 신경 쓰여.

- 수영 수업 -

우리 고양이가

순하다는 걸 강조하쟈!

그래그래.

혼자서 열심히 시나리오를 썼다.

물론 아무도 안 물어봄.

잘된 거지, 뭐.
하하...

🐱 병원 가는 날 😺

뚜르르르르

가능하면 하고 싶지 않은 일.

아, 네 짜오 보호잔데요.

짜오가 눈이...
예약...

짜오를 병원에 데려가는 일.

네, 그리고 애가 좀 '많이' 사나워서요.
남편이랑 오전 일찍 갈게요.
저희가 잡고 있어야 돼요.

- 병원 가는 날 -

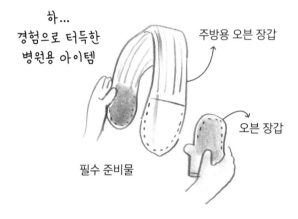

하...
경험으로 터득한
병원용 아이템

주방용 오븐 장갑

오븐 장갑

필수 준비물

크아아아아

그아아아아

네...

사나워요. 좀...

많이...
흥분했나 봐요.

간호사

- 진료실 -

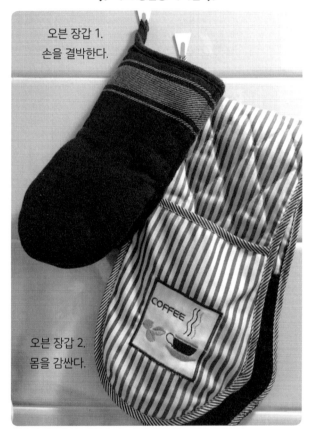

☆ 짜오 병원용 아이템 ☆

오븐 장갑 1.
손을 결박한다.

오븐 장갑 2.
몸을 감싼다.

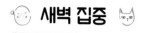

도화지는
왜 이리
넓고 하얀가.

작업을 하다 보면

잡생각

딴생각

대체
몇 시간째야.

오만생각

초반에 정신 집중하는 것이 가장 관건이다.

집중력이 드디어 하나로 합쳐졌다.

마아아아

빠악

집중력이 흩어졌다.

같이 놀래?

뭐 할 말 있냥??

짜오 알약 먹이기

음···

애들 병원을 갔다 오면
가장 곤란한 일.

약 먹이는 일.

병원 갔다 와서
이미 예민 보스.

우웩

가루약을 물에 타서 간식이랑 먹여도 봤고
(먹는 거 1/4 뱉는 거 3/4)

그아아

좋아하는 캔 간식이랑 잘 섞어서도
줘 봤지만 죄다 실패

눈치 엄청 빠름

한 입 먹고
쳐다도 안 봄.

결국 알약이 가장 먹이기 편하다는
결론을 내렸다.

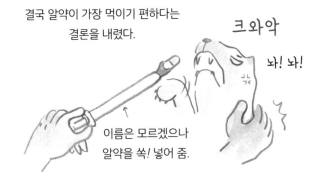

크와악

놔! 놔!

이름은 모르겠으나
알약을 쏙! 넣어 줌.

삼키면 놔 줄게. ㄲㄲ
삼켜! 빨리!

…그나마 편하다는 거

잠잠

쨔오,
고생했어.

삼켰나…?

수고했다,
내 자신.

누가 먹냥! 이딴 거

퉷!

수고… ㅎ…
야 이 생키야.

다시...

무한 반복

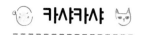

애기들이랑 놀아주는 건 즐거운 일이지만

아... 팔 아파...
　청소해야 하는데

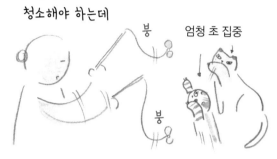

붕　　　엄청 초 집중

붕

같은 동작을
10분 이상 매일 하면
엄청 피곤해진다.

자동으로 휘휘
돌아가면 좋겠네, 이거.

팔 아파.

그래서 주문했다 카샤카샤 봉!

오오

고양이 장난감계의
혁명!

문손잡이에 끼워서

철사 탄력이 좋음.

문

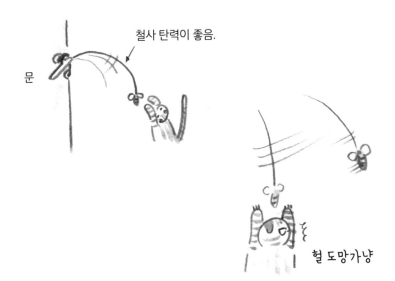

헐 도망가냥

냥이 혼자 갖고 놀 수 있게 만들어짐.

처음엔 두 냥이 모두 아주 환장함.

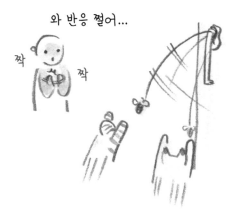

하지만 하루 만에 급 식어 버림.

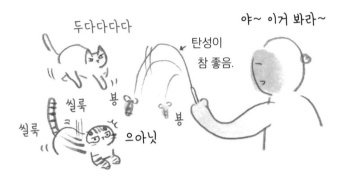

보이지 않는 빠른 손놀림!

병원 다녀온 날

야미가 병원에 들렀다 오는 날이면

짜오가 난리가 난다.

병원 냄새가 나기 때문이다.

샤아아아아

캬아아아아

또 저래.

후…

샤아아아

빠

퍽

야미는 반가워서 다가오는데 펀치 작렬…

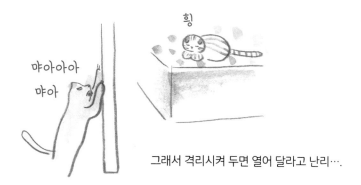

힝

먀아아아
먀아

그래서 격리시켜 두면 열어 달라고 난리….

그래서 열어 주면 냄새 킁킁 하고는 또 냥펀치 ㅠㅠ

이게 반복되니 야미는
캐리어에 들어가는 걸 무척 싫어하게 되었다…

이런 상태가
2-3일 지속됨

병원 싫어.
냄새도 싫어.

나도 냄새 나고 싶어서
나는 게 아니란다.

앞으로도 종종 병원에 가야 할 텐데….
야미는 집에 오면 병원에서보다 더 스트레스 받을 듯….

병원 싫어

힝…

나도 병원이 싫다… ㅠㅠ

🙂 병원에서 🐱

애들을 병원에 데리고 다니다 보면

안 나오려고
캐리어 붙들고
늘어지기 일쑤.

아퍼 ㅠㅠ

위로
기어오르기도 일쑤.

둘이 공포에 대처하는 방식을 알 수 있다.

크아   샤아아아아   진정

진정 좀...

맹수 포획 같다...   내가 작아지는 기분...

앞뒤 분간 못 하고 다 깨부술 듯 하악질.

※ 하악질 : 고양이가 기분이 안 좋을 때
내는 소리로 경고이자 방어신호이다.

마치 한 번도 화내 본 적 없는 사람이 무리해서 화내는 느낌이랄까.

멀 봐! 무섭냐?

뭐야.

저 찐따는

다른 의미로 무서워.

카악

안쓰러운데.

나 무서운 애니까 다가오지 마라!

- 야미 -

이 상황이 실화냐…?

화낼 의지도, 노력도 없고 그저 보호해 주고픈 어린 아이랄까.

뭐… 그래도 병원 싫어하는 건 둘이 똑같음.

절대

싫어!

아니 셋이 똑같음.

병원 싫다…

하… 진이 좍좍 빠지네.

한 시간이 열 시간 같았어…

 **겨울옷**

으어 추워.

겨울이라

겉옷 정리하쟈.

겨울옷들을 꺼내서 정리했다.

검-다

왜인지 겨울옷은 대부분
어둡거나 검다.

흰 옷은 때 타니까...

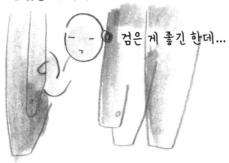

검은 게 좋긴 한데...

이야 이건
검은 옷이냐 회색 옷이냐.

때는 안 타지만 털이 탄다. ㅋ

검은 치마도
털털털

검은 바지도
털털털

어이쿠야
외출 전에
비벼 주는 거야?

스타킹도 털털털

으악
돌돌이 까먹었네.

뒤늦게 돌돌이 안 밀고 나온 게
생각나는 경우도 부지기수다.

지하철 줄

동물 키우시는구낭.

후후
돌돌이

후후

주변에서 털옷 입은 사람을 발견하면
어쩐지 반갑다.

4장

짜오야미야!

두 마리가 함께하니 든든함이 두 배, 귀여움이 두 배!
너희를 향한 집사의 애정은 무한대!!

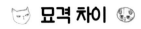 묘격 차이

짜오와 야미는 성격이 '너무너무' 다르다.

'묘'격을 실감하는 하루하루

와 ...
같은 상황 다른 반응

랄라

랄라

랄라

그르르르르르르
물면 혼나.

물고 싶은데

크왁

아 미치겠네.
이빨 드러내는 거 보이지?
빨리 놔.

맘대로 해라.

추욱

- 상황2. 처음 보는 간식 -

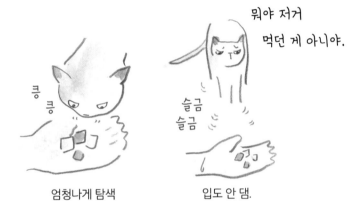

엄청나게 탐색   입도 안 댐.

탐색 없음.   일단 먹음.

맛이 없었는지 후에
당근은 다 골라 놓음.

지금껏 찾은 공통점. 캔 뚜껑 소리에 반응함.

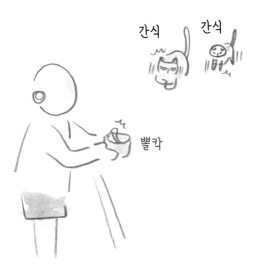

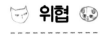

샤아아악

크아아악

빡

야미를 데려온 후, 짜오는 한동안 예민했다.

샤아아아아

샤아아아아

빡

야미는 가까이 가고 싶어 했는데
짜오가 엄청 경계했다.

혼자서 잘 놀고 있는 애한테

크아아아악

굳이 찾아가서 겁줌.

크아아악

하
악

- 며칠 후 -

하악질만 할 뿐
계속 야미를
쫓아다님.

저 녀석
별로 무섭지 않다는 걸
깨달음.

아차 잊을 뻔했네.

크악

니예 니예

숨어 준다.
내가

만족해?

하악질 할
의욕이
사라진다.

☺ 이름 ☺
- - - - - - - - - - -

먕 -

'짜오'는 중국어로
'아침'이라는 뜻이다.

먀 -   먀 -

흰색 냥이니까
색이 딱!
연상되게

응응.

짜오를 데려와서
이름 짓기에 고심하던 날.

짜오 어때!

아침의 밝은 느낌!
밝은 색상!
어감도 귀여워!

← 중국어 전공함.

쫠!

그렇게 짜오로 정해짐.

'야미'는 일본어로
'어둠'이라는 뜻이다.

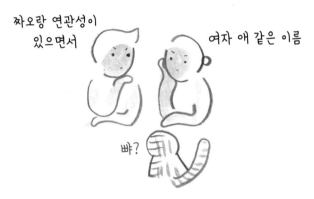

짜오랑 연관성이
있으면서

여자 애 같은 이름

빠?

짜오와의 연관성까지 신경 쓰며 고민함.

저녁은 중국어로
뭐야?

晚上

완샹

왠지 욕 같아
탈락.

일본어로 막 던지는 중

그렇게 정해짐. ㅋㅋㅋ

근데 무슨 뜻이야?

작명 센스는 남편이 더 뛰어난 걸로…

🐱 귀 청소 🐱

귀 청소제

웃차!

짜오가 날이 갈수록 눈치가 는다.

귀 청소, 귀 청소 -

빠?

문제는

야!

야미가 짜오 반응을 보고 따라 한다.

야...
너 이게 먼지는
알아?

빠!

찾아서
닦아 줘야겠군.

후...

그래...
넌 거기 있을 줄 알았어.

넌 패스

얜 어됬지.

왜 숨었는지 모르지만
들키면 안 돼!
왠지 그런 기분이야!

다 보인다. 임마 …

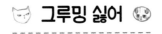

그루밍 싫어

짜오는 사람이었다면 분명

춘데레였을 거다.

← 왜 하악질을 하는지 ᶦᵇ

크와악

빠?

샤아아

할짝

빠 -

하악질 하며 그루밍 중

마치 혼내면서도 머리를 땋아 주는 엄마와 같달까…

똑바로 안 있어!

확!

으아아아앙

침으로 목욕 시킬 기세

할짝

빠!

← 그만하라고 말하는 듯

빠!

그만하라고
이 양반아.

🐱 깔고 앉기 🐱

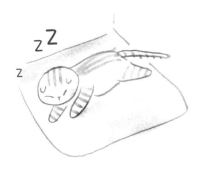

깔고 앉는다.

짜오식 애정 표현. 깔고 앉기.

팔저림 진행 중

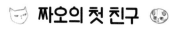
어머나...
이 추운 날...

먕 먕

길에서 발견한 애기 냥이를
임시 보호 했던 적이 있다.

짜오야~
잠깐 동안
같이 있을 아이야.

먕!

두 냥이를 키워 본 게 처음이라,
격리 시기도 없이 바로 붙여 줬더니

짜오가 도망 다님.

캬아아아아

놀쟈

놀쟈

도망 다니는 역할이
바뀐 것 같은데.

근데 워낙 애교가 많은 냥이었어서

조심히 가세요.

잘 가...

야
야

카페에 올린 글을 보고 찾아온 젊은 부부에게
분양이 되어 떠나던 날

고새 정이 들어서...

잘 살아야 해...

남편도 울고 나도 울었다.
(분양이 계속 안 되면 키우려고 했었음.)

짜오도 밤새 찾아다니며
울었다.

짜오랑 야미가 나란히 누워 있는 걸 보면
가끔 그때 생각이 난다.

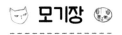
모기장

요즘 한창 모기가 극성이라 잠을 설침.

게다가 나만 문다…

겨울이 오기 전까지 모기 새끼들로부터
내 피를 지키기 위해
원터치 모기장 구매!

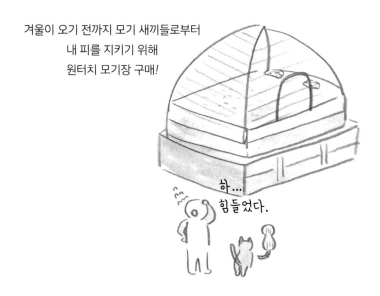

하...
힘들었다.

근데 애들이 어색해하고
침대 위로 올라오는 길을 못 찾음.

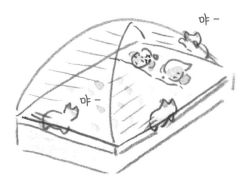

짜오는 침대 주위를 인공위성마냥 맴돎.
(자다가 세네 번은 지퍼를 열어 주기 위해 깸.)

야미는 밖에서 자나...?

야미는 혼자 자는 걸 좋아해서
거실에서 자나 보다 하고 잠.

빠...

제습제

알고 봤더니…

빼꼼

껴서
혼자 못 나옴.

모기장을
치워야 하나.

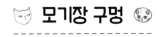

모기장 구멍

모기장을 설치한 지 1주가 넘어가는데 매일 이 난리

들여보내 주고 지퍼를 닫아도 몇 번을 빠져나가는 건지…
나갈 땐 잘 나가고 들어올 땐 못 들어와서 매번 울어 댄다.

음 또 갈렸군.

커어

커어

ZZZ

야미는 몇 번 긁다가 곧바로
숙소 2, 3, 4, 5…를 찾아간다.

딴 데 가서 자지 뭐.

으어 잘 잤다!

기지개

기지개

이런 상황이 며칠 반복되고

지이이이익

나가 볼…

구멍

구멍

구멍

구멍

구멍

구멍

모기장이 버텨내지 못 함.

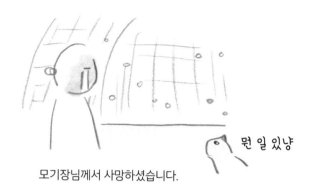

먼 일 있냥

모기장님께서 사망하셨습니다.

모르는 척 시치미 떼는 거냥. 니들

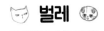

벌레

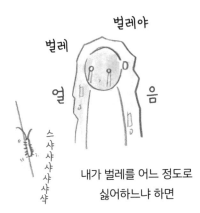

벌레야

벌레

얼 음

스
샤
샤
샤
샤
샤
샥

내가 벌레를 어느 정도로
싫어하느냐 하면

1. 살이 100kg 찌는 것과
2. 다리가 100개인 벌레를 보는 것
   어떤 게 무섭습니까?

누가 이렇게 물어본다면

그게 질문거리가 됨?

2
두말 않고

이 정도

웃샤

청소하려고 물건을 정리하다 그놈을 발견함

정신 나감.

다리 엄청 많아.

남편한테 전화함.
(일단 생각나는 게 남편 ㅠㅠ)

어떡하지 어떡해.
어떡해. 퇴근 시간 멀었잖아.

일단 휴지로
덮어 두고
그 근처 가지 마.

휴지...
휴지...

차라리 도망을 가지
계속 눈에 띔.

🐱 어리광 🐱

- - - - - - - - - - - - -

열일
열일

삐야 -

빼 -
뺘 -

야미는

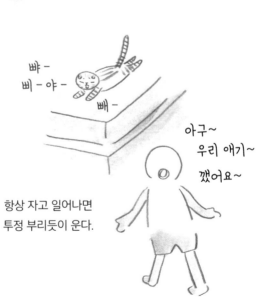

뺘 -
삐 - 야 -

빼 -

아구~
우리 애기~
깼어요~

항상 자고 일어나면
투정 부리듯이 운다.

우구우구~
이쁜이~

빠-

안아서 달래 주면
매우 안심하는 듯하다.

내가 너무 너무 바쁠 땐

빠-
빠-
삐야-

부탁해 짜오!

야-

불끈

짜오가 출동한다.

🐱 종이봉투 🐱

마트 배달을 시켰다.

무겁

뭐가 많네.

우어

정리 중

으아니
저것은!

빠!

슈슉

이미 분양됐습니다,
고갱님~

나도

나도

🐱 추석 🐱

힘들다냥

수고했어.
쉐바 한 캔 하면서
쉬어.

😼 프린터 😺

후~ 완성물을
인쇄해 볼까

ZZZ

딸깍

위 - 잉

도도도도

윙 -

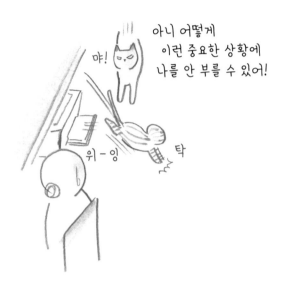

재밌냐?

윙-

잘 나왔네.

이제
안 움직여.

뭐야.

즐거워 보이네.

야!
야!

움직여
봐!

왜인지 프린터 소리만 나면
자다가도 벌떡 일어나는 우리 냥이들

🐱 화장실 🐱

- - - - - - - - - - - - - - -

으어

화장실
화장실

탕

큰일이다.
큰일이야.

열어라!

삐야아아아아악

구해야 돼!

빠아아아아악

5장

집사의 일상

매일이 새로운, 어디로 튈지 알 수 없는 팝콘 같은 하루하루.
짜오야미가 있어 더 행복하고 즐거운 집사의 일상!

내 자리

으어 팔 저려.

일어나기 전까지 세 덩어리가
이불속에서 붙어 있다.
(남편은 일찍 출근)

열어

이불 열어.

짜오는 항상 내 왼팔을 점령한다.

애기 때부터 찜해둔 온전한 짜오 자리!

아무 생각 없이
본인 지정석으로
가는 중

그런데 최근 들어

야!

야미가 그 자리를 넘보다가

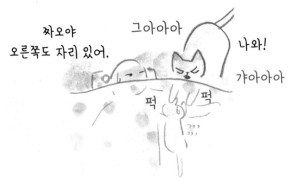

짜오야
오른쪽도 자리 있어.

그아아아

나와!

갸아아아

짜오한테 자주 맞는다.

둘이 나란히
같이 자면 안 돼?

사이드에 자리 잡고
쭈그려 잠듦.

안 돼!
내 자리야!

동생한테 양보 좀 해!라고 말하는
엄마의 심정을 이해하게 되었다.

덩치에서 밀려서 발치로 쫓겨난
우리 집 막내

어딜 감히 내 자리를 넘보냥!!

☺ 방울 장난감 🐯

으차!

청소기를 밀기 전
바닥의 너저분한 것들을 올리는 중

장난감 참
사방팔방에 있구만.

줍

줍

방울 장난감

방울 장난감…

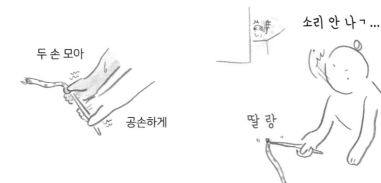

두 손 모아

공손하게

소리 안 나ㄱ...

딸 랑

빠!
장난감?
놀자고?

이 망할 방울

청소해야
하는데

딸랑

그래 놀쟈
↑
쉽게 체념

딸랑

- 10분 경과 -

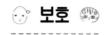
보호

개는 주인이 위험에 처하면
몸 바쳐 지켜 준다는데

울 애기들도 그러려나?

뿅
삥 ♪

아,
AS기사님인가
보다

잘 숨어 있었어?

먀 —

위?

야미는 어딨나.

어딨어 얘.

빠 —

거기냐...

잘도 숨었다.

우리 각자 몸은 각자 지키자. ㅋㅋ
(나만 잘 지키면 될 듯)

ㅋㅋㅋ

부러워

신기하게도 애들은

헤헤

꿈찔   꿈찔

남편 다리 위에 앉는 걸 좋아한다.

헤헤~

부럽?

우아...

내 다리 위에선 금방 내려오면서!

으어~ 편하다.

도도도도

오잉 올라오게?

빠!

꿈질

꿈질

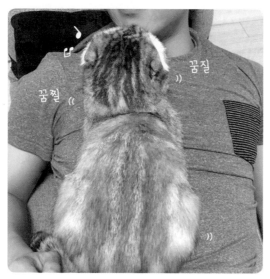

으

부러워.
부럽다고!!

자깃씨~
침대에서 자~
거기서 뭐 해~

부럽다.　　　　부러워!

나도 무릎 있고 가슴 있다, 얘들아!

🙂 귀여운 시위 😺

웃챠

나는 저녁마다
수영을 간다.

엄마 갔다 올게~

빠?

또 가출이냥

어디가?

집으로 돌아오라!　　가지마!

안 돼. 가야 해.

엄마 어제 과식했어.

쾅

...

가다가 돌아와 문을 열어 보니

슬쩍

문을 바라보고 있었다.

엄마가 수영 가서 미안해. ㅠㅠ

나갈 때마다 밟히는 녀석들…

나름 시위하는 녀석…

☺ 작업 공간 🐯

내 작업 공간.jpg

짜오 등장

자기 자리로 착석.

야미 등장. 야미는 못 올라옴. 올려 달라고 떼씀.

야미도 자기 자리로 착석.

요즘 나의 작업 환경

🐱 고냥텔 만들기 🐱

웃챠

가을맞이 작업 책상을 정리했다.

요즘 책상에
앉기가 싫은 게

자리 배치가 좀 별로여서
그런 듯해.

역시 기분전환이
필요해!

…그냥 일하는 게 싫은 거다.

고르고 고른 수납장!

쿠X 구매
무한 합체 가능

역시 책상은
수납이지!

합

체

모니터도 옮기쟈.

어차피 남편은
노트북 쓰니까.

수납장 조립 전

아
무거워!

야 엄마 정신없어.
저리 가서 놀아!

흥

야...
나와

빠-?

옮겨야 돼.

힘든데 얘네 땜에 정신도 없다.

하 조립도 완성

그럼...
이번 정리의
진짜 목적!

★ 냥이들을 위한 새로운 쉼터!! ★
(부제 - 일하며 너희를 더욱 자세히 보고프다.)

⊙ 고냥텔 ⊙

볼때마다 뿌듯!

으쓱

으쓱

최근 고냥텔을 개장했다.

아... 뭘 그리지.

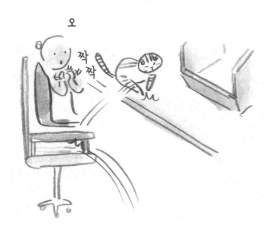

오구오구♡
이뻐서 일을 못 하겠다. ㅠㅠ

아아 이것이 힐링인가!!

끄앙 행복해♥

고냥텔 영업 성황 중!

시선

새벽, 열심히 니들펠팅하는 중

＊니들펠팅 : 집사의 취미. 양모를 바늘로
콕콕 찌르면서 형태를 만들어 액세서리
나 인형을 만드는 수공예 기법.

짜오 왔엉?

식빵을 굽겠다.

헤헤

빠!

이쁜 것들

응?

뭐야, 뭐

아무것도
없는데?

벌떡

벌떡

멀 보는 거야

무서워 이 새벽에
허공 응시하지 마. ㅠㅠ

☺ 크림히어로즈 🐱

라라야~
어쩌구저쩌구

음~ 그거는~
어쩌구예요.

날 봐라

우아...

요즘 크림히어로즈라는 유튜브 채널을 즐겨 본다.

음~ 생각 좀 해 볼게요~
하지만 전~ 안 해도
귀여운 걸요~

라라야
귀가 깨끗해야지.
귀 청소하자~

저분은 동물 일인극의 마에스트로셔.

저 아이가 진짜로 저런 얘기를
하는 것만 같아.

집사의 귀여움에 꽂혔다.

귀여워...

집사가 넘 귀여워.

귀여운 집사가 되어 보기로 했다.

좋아 짜오! 귀가 지저분하군.

자~ 짜오 귀 청소를 해 보아요~

꺄!?

음~ 그거슨~ 싫지만~
생각 좀~

뭐래
감히 내 귀에!

그거스... ㄴ ...
으아아아

본 게임을 시작하지.

그래 귀여움은 개뿔
하던 대로 하자.

놔! 놔!

멀어지자.

야미의 스웨터

삐-

야미가 아주아주 애기였을 때

나 자신 칭찬해.

완벼크
완벼크

병원 갈 동안 입힐 뜨개옷을 떴었다.

옷은 맞는데 못 걸음.

에라 안 걸을래.

펄썩

주저앉음.

왜 걷지를 못하니!
오늘따라 잘 떠지더라니.

결국 병원 갈 때만 억지로 입히고 서랍행

최근에 우연찮게 발견해서

엄허
이런 게 있었지.

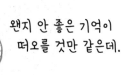

뭐냐? 그 이상한 천때기는

왠지 안 좋은 기억이
떠오를 것만 같은데.

입혀 보았다.

고생이 많아.

어디,
얼마나 컸나~♪

버둥   버둥

🐣 캣닢봉 🐱

짜오가 요즘 왠지 기운이 없다.

왜 이리 짜무룩해.

으이구 눈꼽

먕

이제 6살 반,
묘생에 한차례 우울이 올 시기인가…

웹서핑 버닝 중 발! 견!

그래 이것이여!

우울할 땐 역시 캣닢이지!

원래 짜오는 캣닢에도 흔들리지 않는 쿨냥이었어서

이번에도 안 쓸 것 같았지만 혹시나 해서 줘 봤음.

짜오도 나이를 먹었구나.

좋아해 주니 기쁘긴 한데.

두 냥이 캣닢에 취함.

코타츠

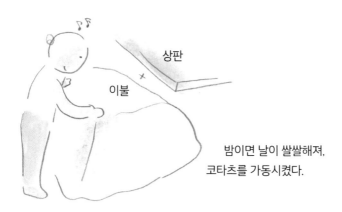

상판

이불

밤이면 날이 쌀쌀해져,
코타츠를 가동시켰다.

뜨끈
뜨끈

으아 짱 져아!

* 코타츠 : 온열기구가 설치된 탁자 위에 이불을 덮어 사용하는 일본식 난방기구.

짜오는 이미 코타츠가 익숙해서
알아서 비집고 들어간다.

헤헤

비적 비적

?

빤-히

아구 귀여워.

일단 들어가 보쟈.

덥다. 뜨겁다.

빠 시원한데
춥다.

들어가쟈.

나가쟈.

무한 반복…

겨울, 야미의 코타츠 이용법

<반신욕>

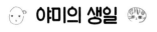
야미의 생일

요가 갔다가 집에 오는 길

11월 13일...

뭔가 익숙한 듯한 날짜…

야 -

음...

아 뭐지!!

짜오~
야미는?

빠?

야미…!

야미 데리고 오던 날,
집사님께서 주신
애정 어린 쪽지 💜
아마도 야미 생일은
평생 안 잊을 듯~💜

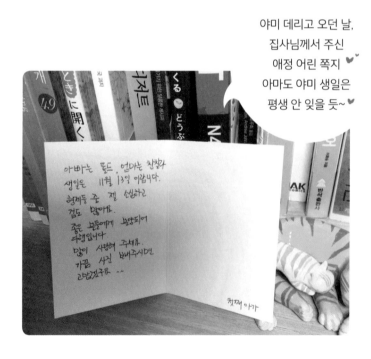

마도로스 가오리와 짐펫 헤어볼 제거제로 만든
생일 축하 음식

급하게 만들었지만
잊고 있었던 건 아니얌

고럼고럼.
내 맘속에 저장!

내 생일도
기대하겠어.

깨 끗

우리 야미가 한 살이 되었어요!

남편의 그림

어, 남편~

골골

밥 먹었어?

애들은?

응

응

아, 맞다.

오늘 자기씨 되게 웃겼어. ㅋㅋ

애들이랑 자는 거
너무 귀엽더라. ㅋㅋㅋ

보내줄게.
봐 봐.
ㅋㅋㅋ

?

기지개

* 실제 그림

음...

잘 그렸지.

자세 완전
귀엽지.

ㅋㅋ

아 한참
웃었어.

응 응

뭐야 이거.

아마 이러고 잤나 보다.

- 끝 -